KB122657

# 제목을 정하지 못했습니다

지은이 · 박재영

더프린트룸

제목을
정하지 못했습니다

## 인사말

가끔 쓰되 오래 쓰고 싶습니다.

박재영

## 작가의 말

'제목은 왜 없냐고 물으시면'

제목을
정하지 못했습니다

단어가 단어가 아닌
또 하나의 세상으로 와서
기록했던 글자들을
문장으로 모았던 것들을
담았을 뿐인데
그게 작은 책이 되어서
제목을 정하지 못했습니다.

세상으로
불현듯 날아왔던
"스물 다섯개의 단어들"을 소개합니다.

# 차례

## "스물 다섯개의 단어들"

첫 번째

제목을
정하지 못했습니다

# 소라고둥

소라고둥에 퍼져오는 파도 소리는 거니는 곳이 바다
가 아니라도 눈을 감으면 그곳을 바다로 그린다.

바다는 시작과 끝이 어디인지 알 수 없을 만큼 큰데
도 작은 소라고둥은 그런 바다를 손안에 잡힐 듯이 가득
담는다. 먼 기억 속 바다는 이상하리만큼 설레게 하고 가
슴을 뛰게 하는 묘한 힘이 있다.

맨발로 모래알을 밟으며 발끝에 바다가 닿으니 몽글
해지는 마음을 따라 예쁜 조개껍데기를 하나, 둘 꼭 쥐고
있다가 내 손에서 네 손으로 건네주던 행복한 기억이 밀

려왔다. 바다를 종일 파랗게 비추다 늦저녁쯤 붉게 물들이는 시간이 오자 행복은 곧 낭만으로 자연스레 이어진다.

눈앞에 보이지 않는 바다를 작은 소라고둥이 순간에 떠올리게 하곤 떠나가는 기억을 다시금 붙잡는다.

소라고둥에서 바다로 퍼진 기억이 바다에 품은 아픈 기억을 물어오더니 설렘도 잠시, 사색에 잠기고 이내 낭만은 칠흑같이 까만 어둠에 덮어졌다. 제자리에서 물결을 치는 바다는 띄워 보내기도, 깊이 두고 오기도 하여 사사롭게 마음을 멋대로 휘젓는다.

바다의 본질을 청량하고 시원한 낭만으로 고정했던 기억을 지우고 어둡게 드리워져 바다가 더 이상 하늘과 땅, 그 경계 어디에도 선명하지 않은 채로 절망 자체의 심연의 바다로 탈바꿈했다.

겉치레는 단단하고 까칠한 소라고둥이 정작 담고 있

제목을
정하지 못했습니다

는 건 잔잔하면서 이토록 거대한 바다라니. 소라고둥은 어쩌면 어머니를 닮았을지도 모르겠다. 소라고둥이 어머니라면 어머니가 품은 건 바다인데 정작 나는 바다였는지 아니, 바다가 될 수는 있는지. 고운 모래를 온전히 느끼려 맨발로 거닐던 바닷길에서 마주한 소라고둥이 모래 위로 쓸려오기까지 나의 감정의 파도가 어머니를 외롭게 끌어낸 것은 아닌지.

손에 쥘 때 기분은 어디로 갔는지 휘몰아친 감정에 울컥 눈물이 났다. 이렇듯 쉬이 깨지고 부서진 파도 같은 나는 소라고둥을 주머니에 넣고서 언제 그랬냐는 듯 자리를 나선다. 물론 마음은 몹시 애리지만.

두 번째

제목을
정하지 못했습니다

# 말

잔잔한 물에 떨어지는 것이 아주 작은 돌이라도 파동은 일고 물결은 퍼진다. 말은 이처럼 꺼내면 보이는 형태로 남아있지 않지만 그럼에도 불구하고 말은 남는다. 무심코 건네는 말을 밖으로 떠나보내면 때로 상처의 형태로 남기에 잡을 수 없는 말은 늘 조심해야 한다. 참 모호하게도 살아온 길이 고르지 못하고 아직 부족한 탓에 좁은 식견으로는 그러지 못하는 법을 알진 못한다.

외려 손질되지 않은 말맛이 좋아서 때로는 마음과 다르게 말을 전하여 다짐하는 것에 비해 막상 핑계를 모아 '어쩔 수 없지.'라는 말로 타협하는 비겁함도 지니고

있다. 삶에서 배우며 사유하고 깨우쳐 가야 하는 숙제를
여전히 풀어가는 중에 노랫말이 들려와 마음을 두드렸
다.


"처음 보는 세상은 너무 아름답고 슬펐지.
우린 부서질 것을 알면서도 더 높은 곳으로만 날았지.
우린 떨어질 것을 알면서도 더 높은 곳으로만 날았지."


여전히 실수하고 잘못투성이지만 사실 다 잘하고 싶
어서 그랬던 것이라고 다독여주는 것 같지 않은가. 그간
얻은 것보다 잃은 것이 많았던 말들이 때때로 더 많았지
만 후회하는 시간은 고이 접고 조금 더 무끈한 사람이 되
고자 언행을 가벼이 하지 않도록 다시 또 다짐한다.


깊이에는 두려움이 없고 얕은 삶에서는 두려움을 아

는 인어처럼 말 한마디도 무거운 돌처럼 여겨 좋은 이야기를 주로 담고, 책을 가까이하여 좋은 문장을 나누며 마음을 충분히 읽고 사랑하고 싶다.

세 번째

제목을
정하지 못했습니다

# 편지

값이 비싼 것을 수집하며 모은 사람이 있고, 반면 작고 귀여운 것에 마음을 주고 간직하는 사람이 있기 마련이다. 편지는 어디에 속할까, 값으로 매길 수 없고 한 손에 잡히지만 종이에 쓰여있는 마음의 크기는 가늠할 수 없을 그런 손 편지는 모으려 하지 않아도 어느새 모여있다. 편지는 곧 마음이 아닐까.

그래서 편지를 버리는 일은 마음을 버리는 일과 같다는 생각에 쉬이 마음을 버리지 못한다. 미련한 일일지도 모르겠다. 편지의 마음이 여전히 그 마음일지 알 수 없는데 편지를 버리지 않는다고 해서 마음이 여전하리라 홀로 믿고 있는 건 아닐 거라는 바보 같은 생각도 들고.

그럼 욕심일까, 마음을 보내지 않고 억지로 붙잡고서 놓지 않으려는 욕심은 아닐까 생각도 했다. 차라리 게으름이면 좋았을까. 미처 버리지 못한 게으름을 탓하고 마음은 바래지지는 않기를 바라면서.

우리 삶에서 편지가 아니라도 전화나 문자, 메일 또는 만남으로 소식을 주고받고 있지만 그 어느 것도 편지의 부푼 마음을 대변하지는 못할 것 같다. 어쩌면 편지는 영영 사라지지 않는 수단이자 마음을 나누는 방법으로 남지 않을까.

어느 편지는 먼저 안부를 묻고 안녕을 바라는 마음도 있었고, 또 어느 편지는 궁금해하고 물어오는 마음으로도 오고 갔다. 세밀의 공허함은 분주하게 쓰고 보냈던 마음이 참한하기 때문이겠지만 마음의 후회를 두지는 않기를. 마음을 꺼내고 전하는 용기는 감히 누구도 잣대를 둘 수 없는 고귀함이 있으니까.

✉

살아보니 기적을 기대하고 바라는 일보다 보통의 하루를 더 감사하게 생각합니다. 방심하다 손끝이 베이고, 커피를 받자마자 떨어뜨려 쏟았습니다. 안타깝지만 별일 아닙니다.

선월에 친구가 죽었습니다.

아직 젊고 아름다운 날, 너무 일찍 떠났습니다. 일상은 변하지 않고 그대로지만 마음은 소란스럽습니다. 작게 베인 상처와 쏟아진 커피에도 야단스럽더니 지금은 한 걸음도 떼지 못하고 멍하니 한참을 생각에 잠겼습니다. 그간 묻지 않았던 안부에 미안하고 가닿지 못했던 인사들에 늦은 후회만 삼켰습니다.

늦은 안부를 묻습니다. 자주 볼 수 없더라도 늘 마음으로 응원하고 건강을 기도하며 해후를 소원합니다. 때로 숨 한 모금도 쉬고 싶지 않은 날이나 감정이 바닥을 곤두박질치더라도 좋지 않은 마음을 그대로 두지 말고 다독여주길 간절히 바랍니다. 누구라도 필요하다면 그게 저라도 좋습니다.

마음도 몸도 소중한 당신을 방치하지 않았으면 합니다.


사는 날 동안 대체로 많은 날이 무탈했으면 좋겠습니다.

부디, 그리고 오래 남아주세요.

네 번째

제목을
정하지 못했습니다

# 유서

삶의 마지막을 줄곧 상상했던 것은 아니지만 막상 이 순간이 오면 의연하고 덤덤하게 보내리라 다짐했습니다. 홀로 버거운 세상이지만 제법 잘 견뎠습니다. 얕은 인연도 깊은 인연도 순간에 모두 감사합니다.

하고 싶었던 건 많았던 것 같은데 와인 잔에 담긴 포도빛만큼 욕심처럼 가득 채우진 못했습니다.

이 또한 욕심이겠습니다. 떠나는 순간도 욕심만 남았지만 욕심대로 하고 싶었던 인사들 남기려 합니다.

끝에 이르고서 남아있는 이들에게 보내는 늦은 인사로 고마움을 미약하지만 보답하겠습니다.

부끄러움을 알게 해준 가족에게 감사합니다. 그른 행동들이 일상을 방해할 때 바른길로 온전히 이끌어주어 주변의 귀한 인연들이 더해져 비루한 삶이 더 윤택해질 수 있었습니다. 수없이 조급하고 쫓기다가도 숨 돌리고 주변을 살피는 여유를 주고, 혼자만 사는 삶이 아니라고 말해주는 것 같았습니다.

당시에는 몰랐던 반가운 손 인사, 커피를 사이에 두고 나눈 대화, 정성스러운 음식들로 여러 순간에 말하고 있었습니다. 헛헛하고 심란할 때 가족이 주던 안도에 감사함을 전하는 것이 너무 늦었습니다.

아직 오지 않은 늦은 인사를 미리 써내려가다 보니 요동치던 감정마다 때때로 계절에 비유하곤 했는데 정작 마지막으로 보내게 될 계절은 어느 계절이 될지 궁금합니다.

계절에는 마지막이라는 것이 없는데 마지막 계절이

라니.


봄이면 꽃 한 송이 핀, 여름이면 바다 멀리 띄워 보내는 한 척의 배처럼 기억될 수도,

가을이면 낙엽 지는 쓸쓸함에 같이 덮어 두는, 겨울이면 흰 눈처럼 언젠가는 또 오리란 기대로.


어느 계절의 모습이 되었건 더이상 나는 잡힐 수도, 만질 수도 없지만 쏟아붓던 모든 감정을 내려 두고 내면의 해방을 이루게 되었습니다. 생에 가져오지 못한 고요를 이제야 찾았습니다.


저도 죽음은 처음이라 이런 인사들이 맞는지 모르겠습니다.

마지막이 될지 모를 글을 쓰는 내내 온전히 죽음만 상상했습니다.

버겁고 포기하고 싶은 순간에 준비하는 죽음이 아닌

객관적으로 죽음에 대해서만 상상해 보니 유서가 온전히 유서로 남을 때까지 시간을 허투루 보내지 않고 예쁜 것들을 담아 채워나가기를 다짐합니다.

남아있는 모든 것들이 그대로 단순하고 아름답게 남기를 바라며, 안녕!

다섯 번째

제목을
정하지 못했습니다

# 포도

지금도 있는지 모르겠는데 예전에 포도알 스티커라고 있었다. 비어있는 포도송이에 칭찬받을만한 일이나, 혹은 주어진 숙제를 잘 해오면 보라색 포도알이 하나씩 채워지며 하얀 포도가 보라색으로 가득 채워지고 걸맞는 선물이나 보상이 있었다.

독서 챌린지, 산책 챌린지, 일회용품 줄이기 챌린지 등의 원조 격인 셈이다. 물론 의미가 많이 달라진 것은 아니지만 포도알 스티커만큼 귀여운 맛은 없다. 미치도록 귀엽지 않은가, 포도알을 다 모으면 선물을 준다니. 또래 친구들도 그랬는지 모르지만 유독 나는 포도알 스티커에 열광했었다.

일찍 등교해서 칠판을 지웠을 때 한 알, 화단에 쓰레기를 주워서 잘 버렸다고 한 알, 몸이 불편한 친구를 위해 나가는 동안 문을 잡아줘서 한 알. 나의 포도송이는 당시에 착한 일 스티커였었는데 그렇게 열심히 포도알을 가득 채우고 정작 받았던 것은 무엇인지 기억도 잘 나지 않는다. 그렇게 열심히 모으는데 열중했는데 다 모으고 받은 건 기억도 없으니 조금 억울한 것 같기도 한데, 흐릿한 기억 속 포도 한 알씩 모으던 나의 순수함은 행복 그 자체였다.

지나고야 알 수 있지만 일련의 과정에서 주는 쾌감을 나에게 심어주고 더 나은 인간으로 성장하게끔 변화하는데 목적을 둔 것이지 그에 따른 보상이 중요한 것은 아니지 않았을까, 싶다.

문득 누군가 도움을 청하고, 그 도움을 내가 줄 수 있을 때, 나는 진심으로 행복하다. 그 성과가 나에게 돌아오지 않아서 시샘하는 경우도 있지만 지나면 그것마저 괜찮을 때가 온다. 시기하는 마음보다 선망하는 마음을 두려고 하다보니 그런대로의 의미를 담게 되더라. 더는 완성할 포도송이가 없어도 포도알 만큼의 소박하지만 착한 마음들이 씨가 없는데도 가끔 자라난다.

정작 과일은 포도도 좋지만 사실은 귤이 더 좋다고 쓰고 싶었는데, '포도도'가 왜 이리 귀엽게 들릴까. 덕분에 귀여운 말을 하나 얻었네, 포도도.

**여섯 번째**

제목을
정하지 못했습니다

# 회전목마

　제자리만 하염없이 돈다. 반짝이는 불빛에도 표정 없는 말은 위아래로 오르고 내리기를 반복하고 한참을 도는가 싶더니 결국 제자리로 돌아온다. 주변의 작은 변화에도 관심이 많고, 침묵을 견디기 힘들어 웃고 떠드는 것에 집중하다가도 불현듯 우울을 찾는 건 성정이 그러한 사람이라 어쩔 수 없었다.

　지나간다, 지금껏 지나갔듯이. 분명 가져온 이 우울도 지나가겠지만 머무는 동안은 심리적 고아가 유지된다. 불안정한 기운을 주절주절 주정뱅이처럼 내뱉고 이리저리 치인 채 나자빠져서 다시는 일어나고 싶지 않았는데 꺼이꺼이 일어나 다시 한참을 달려온 것 같은데도 제자리인 기분.


    나아가지 못하는 것이 아니라 나아가는 과정임을 깨달아야 한다.

    극복하기 위한 다양한 모험을 시도하면 원하던 방향이 아님에도 목표치를 달성하고 있는 모습을 자연스레 발견하는 과정이 오고, 우울을 제법 담담하게 견디고 순간을 즐길 줄 알게 된다.


    우리가 결정적으로 실수하는 순간은 우울에 빠진 순간보다 자만하고 들뜨는 순간이다. 나약함을 다 잊고 만나게 되는 고난에서 더 깊은 우울과 절망감에 빠지니까 그때야말로 조심해야 한다.


    끝이 보이지 않는 긴 터널보다 빛나고 높은 저 하늘이 사실 더 무서운 법이다.

    터널의 끝은 결국 마주하게 되지만 하늘은 내가 어

디쯤 떠 있는지 모르는 새 행복한 구름 위로 둥둥 떠다니며 어느 순간 추락하게 될지 모르는 것이 언제 나의 기분이 되고 자리가 될지 모르기 때문에.

그래서 여전히 나는 나를 의심하고, 마주하는 것들을 향한 궁금증을 놓지 않으려 한다.

어린 소녀의 순수한 웃음을 태운 회전목마를 앞에 두고 잠겼던 상념치고는 재미없지만 회전목마를 보고 마냥 웃음 짓기에는 삶이 조금 고단했다.

일곱 번째

제목을
정하지 못했습니다

# 종이책

다만, 종이책을 고집하는 이유는 만져지는 질감이나 소장하는 가치에 있는 것이다.

마음이 낙담하여 어디에 기대야 할지 모를 때 문장 한 줄에 기대어 긴긴밤을 견뎌낸 적도 있었고, 걷잡을 수 없이 실의에 빠져 겨우내 바깥공기 한번 맡지 못했을 때도 나를 살린 건 의사가 아닌 글이더라.

두고 생각해 보니 나는 수많은 글쓴이에게 마음의 빚이 있는 셈이다.

인생은 사실 시시하고 별 볼일 없다고 생각하는데 다른 사람이 글에 고스란히 담아 쓴 인생을 엿보면 사실 인생은 별것 없지만 그래도 나름의 재미가 있지 않을까, 생각한다.

그래서 종이책을 추천한다. 창문 너머 새어오는 볕에 기대어 사각사각 책장을 넘기면 어지럽던 생각이 정돈 되고, 떨어져 나간 마음의 조각이 다시 재조립되어 온전 해지는 경험이 종이책을 통해서 가능하다.

떠들고 있자니 책을 한시도 떼지 않는 것처럼 보이 는 오해를 부를까, 살짝 겁이 나는데 정작 꾸준히 책을 읽지는 않는다. 단지 읽고 싶을 때, 읽고 싶은 딱 그만큼 만 읽고 접어두다가 또 생각나면 읽고, 아니면 말고. 그 런 마음으로 읽는다.

지금도 책을 향한 편식이 심하고, 끊어 읽는 습관이 옳고 그름을 판가름하려는 것은 아니지만 주장하고자 하는 건 책을 다가가는 태도가 꼭 끝내야 하는 거창한 숙 제 같은 것이 되지 않았으면 한다.

표지가 이뻐서, 제목이 좋아서, 행간에 문장 한 줄에 시선이 오래 머물러서. 어떤 이유가 되었던 내 마음을 흔든 책이라면 당장이라도 소장하고 있다가 언제든 꺼내 보면 좋은 일이 아닌가. 지금 긴요하게 시간을 보내야 한다면 서슴없이 책장에서 미뤄둔 책부터 한 권 꺼내리라.

세상에는 아무도 모르는 이야기가 분명히 존재할 것이다. 인적도 없고 관심의 경계 바깥에서 그 누구도 몰랐던 귀한 이야기가 펼쳐질지도 모른다. 우연히 집고 혹 내려놓은 책에서 모르는 세상과 가까워지거나 멀어지거나 하는 것이다.

**여덟 번째**

제목을
정하지 못했습니다

# 겨울

열 개의 귤을 열 명에게 나눠주는 마음이 있다. 한 개쯤 자신한테 양보해도 좋으련만 가진 것을 그대로 나누는 따뜻함에 겨울임에도 마음은 봄처럼 따스했다. 두 팔로 부둥켜안으며 서로가 서로에게 체온을 전해줄 수 있는 겨울에 가끔 마음이 간다. 겨울은 부쩍이나 외로운 계절 같다. 봄과 가을의 따스함 사이에 껴버린 뜨거운 여름은 앞뒤로 다른 계절이 나란히 있어서 외로운 느낌은 없는데 왠지 겨울은 혼자 동떨어져서 계절을 지키느라 다른 계절보다 더 추운 것은 아닐까, 싶다.

겨울은 왜 사무치는 그리움에 젖게 할까. 겨울 늦게

온 그리움은 어디에도 닿지 못하고 마음껏 말할 수도 없다. 그리움은 어디에서 오는 걸까. 어디에서 어디로 흐르는지 모를 그립기만 했던 그해 겨울은 관계의 분기점 앞에서 고민만 수북이 던지고 간다. 관계를 계속해서 지속할지 아님, 맺어질지. 관계의 선에서 우리는 무수히 엇갈렸을 것이고, 정해진 인연도 때로는 우연처럼 마주하게 했다.

지속되는 삶의 공허에서 여유를 되찾아준 인연을 놓지 않았고, 끝맺어야 할 인연은 그리움에 속지 않고 겨울밤 쌓이는 눈에 같이 묻어두었다. 낭만적인 인연도 아니면서 예쁘게 묻어두는 것은 겨울이 끝나도 언젠가 다시 겨울은 돌아오니까.

한동안 겨울을 난다고만 생각 했는데 지난 그 해 겨울은 잘 보냈다.

**아홉 번째**

제목을
정하지 못했습니다

# 여행

비록 불가해한 것이 삶일지라도 한탄하고 탓하는 사람이 있는 반면에 즐기고 행복을 치열하게 갈구하는 사람도 있다. 너무도 다른 사람이 속해서 사는 세상이기에 한 사람이 다른 사람을 온전히 이해하는 것은 불가하다고 믿는다. 서로 다른 삶을 한 생에 다루면서 나타나는 특이점이나 차별점들을 관찰하는데 삶이 곧 그 자체로 여행이 아닐까 생각한다.

한 시절의 나는 무엇이 되지 못해서 불안했고 초조했다.

무슨 계기였는지 모르겠으나 어느 시기부터 그 불안

이 사라지고, 아니 잊었다는 표현이 더 맞겠다. 불안을 잊고 일상에 몰두하며 보통의 하루에 의미를 찾는 데 집중했었다. 언제부터인지 어렴풋이 기억을 더듬고 나면 아마 나이는 숫자 이상의 의미가 없다는 말과는 달리 앞자리 숫자가 바뀐 후 같기도 하고, 온전히 혼자에 익숙하다가 지켜야 할 책임감이 온 이후일지도 모르겠다. 어느 이유에서 무슨 계기로 변화되는 것인지조차 중요치 않은 순간이 오면 비로소 삶이 여행이 되기 시작한다. 여유롭지 않은 삶에서 여유를 아는 시기에는 고단한 삶도 고되지만 나름 뜻깊은 여행지를 다녀오는 감정으로 속아서 자라난다.

실패와 괴로움의 반복이라도 결과가 아닌 과정이라 인식하려 하고, 탓하기 이전에 이해하는 방법부터 고민함으로 마음가짐을 다듬다 보니 포기하려던 일도 버티며 해내게 된다.

간혹 삶이 불공평하다 느끼는데 균등하지 못함이 온전히 나의 삶에만 해당되는 것은 아니다. 느끼지 못했던 당연함이 타인과 차등을 두고 얻었을 수 있기에 삶이 가혹하다 마음을 써 걱정하지 않아도 된다. 그럼에도 비교를 끊어내기 쉽지 않다면 그런대로 인정하고 사는 것도 방법이라면 방법이다.

누군가의 여행은 캐리어 양손 가득 꽉 채운 여행이 있지만, 또 누군가의 여행은 걸치고 있는 옷, 메모할 수 있는 다이어리와 끼워둔 펜 하나로도 가능한 여행이 있기 마련이다.

우리는 대부분 적게 가지고 여행하는 중이다.

나도 당신도 살면서 짊어질 무게에 짓눌리기보다는 가벼운 마음가짐으로 순간을 여행했으면.

열 번째

제목을
정하지 못했습니다

# 스물다섯

스물다섯에 아버지가 돌아가셨다.

아버지가 평소 애주가였지만 술이 단순한 회포를 넘어 의존의 단계까지 닿았던 것은 국가의 의무를 행하는 사이에 그렇게 되었다. 어머니가 전하는 걱정 어린 일들이 있었음에도 말의 무게를 온전히 인지하지 못했다. 대체 어느 정도인지 가늠이 되질 않으니 알 수 없었고, 한편으론 걱정할까 말을 많이 아끼셨던 것 같다. 아버지는 키도 크고 배도 나온 든든한 모습이 인상적이셨는데 다시 만난 모습은 살도 볼품없이 빠지고 초점도 잃었다. 처음에는 걱정과 안쓰러움이 앞섰는데 현실을 마주하니 분노와 짜증에 애착이 넘치던 부자 사이가 아님에도 어느새 증오만 남아 당연했던 인사와 간단한 대화마저 차츰 단절되었다.

자연스레 단절된 관계를 그대로 둘 생각도 있었으나 마냥 무시하고 지나칠 관계가 아니기에 고심하다 화해 아닌 화해를 하려 했다. 시장에 들러 닭을 한 마리 샀고 손에 익지 않은 실력으로 백숙을 끓여 마음과는 달리 무심하게 '술만 드시지 말고 이거랑 같이 드셔.' 툭 내뱉고는 민망함에 대답도 듣기 전 방문을 닫았다. 궁금한 마음에 방에 귀를 가져대긴 했으나 딱히 무슨 소리가 들리지는 않았다. 그렇게 스스로 뿌듯해하는 나의 밤을 보내고 난 다음 날 이른 아침이었다.

보통의 나의 아침은 어머니의 '밥 먹어'라는 말로 시작되는데, 그날은 달랐다.
'일어나 봐, 아빠가 이상해.'

비몽사몽 눈 비비고 일어나 안방으로 향했을 때 아버지의 숨은 이미 멎어있었다. 그렇게 미동도 없이 영원한 잠이 들었다. 등 뒤에 손도 대지 못한 밥상을 덩그러니 둔 채로.

충격을 받았는지 그 뒤로 구체적인 기억이 잘 나지 않는다. 어느 순간 경찰관과 구급대가 집에 있었고 어머니는 상실감과 허망함에 눈물도 흘리셨던 것 같고, 분명 아버지의 죽음을 목격했는데 도통 이게 무슨 일인 건지 상황이 받아들여지지 않았다.

생의 마지막에서 한없이 나약했던 아버지를 미워하며 떠나보냈는데, 이렇게 아무 준비 없이 이별을 맞이하는 상상은 해본 적이 없어서 죄스러운 마음이 온 가득했다. 이해할 수 없는 아버지의 모습이지만 한 번도 이해할 마음이 없었다. 그의 이야기를 듣지 않았으니 속사정을 알 수도 없었고 그렇게 놓을 수 없었던 술이라면 술잔을 기울이며 달래는 아들도 해봐야 했다. 감정적으로 마주하니 남은 것은 허망한 나 자신뿐이었다. 상복을 입고, 장례를 준비하면서 흐르지도 않던 눈물이 현실로 느껴져 눈물샘을 자극할 때 시야에 어머니가 아른거리듯 보였다. 평생에 처음으로 남편의 죽음을 직접 맞이한 여인의 심정은 어떤 마음인지 상상할 수 없는 일이다. 미우나 고우나 사랑하자며 평생을 약속했던 이가 이기지도 못할 술로 일찍 떠났으니 어떤 마음일까. 난 아버지를 잃었지만 더 긴 시간 알고 지낸 동반자를 어머니는 잃었구나. 슬픔의 크기를 어머니로 빗대며 맺혔던 눈물은 흐르지 않았다. 담담하게 어머니를 안아드렸고, 조문객에게 감사 인사를 드렸다. 어머니께 드리는 나의 작은 위로였고, 아버지를 향한 애도를 전했다.

나의 스물다섯, 어렸지만 그렇다고 어리숙할 수는 없었다.

열한 번째

제목을
정하지 못했습니다

# 꽃병

시든 꽃이나 피지 않은 꽃이 있다는 말은 곧, 꽃은 결국 핀다는 말이나 다름이 없다.

늘 그러하지는 못하지만 사람과 사람 사이에 이뤄내는 관계성에 있어 상대방을 꽃처럼 귀히 대해야 한다고 다진다. 약한 사람 앞에서 더 낮아질 줄 알아야 하는 마음과 동등한 선에서 사람을 대하고 바라보는 것에 집중한다. 자신을 가장 귀하게 여기는 것을 잊지 않으면서 동시에 타인을 나만큼 귀하게 여기는 것에 익숙해져야 함부로 대하는 것에 대한 두려움과 그름이 반복되어 나타나 행함이 달라진다.

좁은 나의 식견을 믿고 섣부른 판단을 전제로 상대를 꾸미어 꺾어내는 실수에 조심하고, 결점을 집어내어 문책하기보다 강점을 두드러지게 나타내 바라보는 연습을 해야 한다. 그리 쉬운 일은 아니다.

어느새 유리한 방식으로 결론을 내리는 것이 익숙해지고, 믿고 기다려주는 법은 잊은 채 때로 다그치고 보채는 것에 익숙해져 조급함으로 자신을 달래는 경우도 심심찮게 있을 것이다.

애초에 처음부터 핀 꽃은 없다.

무던한 노력 끝에 꽃을 피우기까지 꾸준한 관심을 보내기도 하고, 때때로 묵묵히 피어나기를 기다려주며 믿고 바라봐 주기도 해야했다. 그 끝에 아름답게 꽃피울 수 있었다. 갓난아이의 걸음마에 차근히 격려하고 믿어주며 사랑의 눈길을 보냈을 때 귀히 걸었던 그 걸음처럼 그러할 것이다.

결국 지난 한 과정의 연속에서 아직 피지 않은 꽃이다.

그런 꽃과 같은 사람들을 품을 꽃병이 필요하다면 나는 꽃병이 되고 싶었다.


꽃이 되어라.

그 꽃을 담는 꽃병이 되려니 아름답게 피어나기만을 바란다.

꽃다발을 한 아름 품어도 무너지지 않을 단단한 꽃병이 되어 언젠가 꽃잎이 하나, 둘 떨어지고 남김없이 시들어도 홀로 외로이 두지 않을 꽃병을 기꺼이 자처하고 싶다. 보이지 않아도 사랑은 늘 존재한다.

꽃병 안에서 보이지 않지만 꾸준하게 사랑을 보낸다, 그 사랑으로 아름답게 꽃이 되어라.

열두 번째

제목을
정하지 못했습니다

# 우산

발아래 거슬리게 닿아 손을 뻗어 만져보는 작고 검은 우산이 하나 있었다. 둘러봐도 우산의 주인은 이미 떠난 듯 아무도 없어서 고스란히 내 손으로 왔다. 바깥은 이미 여름이고, 더 이상 내려보낼 빗방울은 없는 듯 쨍하니 맑았다. 나뭇잎 표면 위에 빗방울이 잘게 부서져 툭툭 떨어지고 있을 뿐이었다.

주인 잃은 우산의 주인이 내가 될지, 그대로 두고 갈지 망설이다 다 그친 줄 알았던 비가 마른하늘에 심술이라도 부리듯 다시 내리기 시작했다. 고민의 흔적도 없이 어느새 작고 검은 우산에 몸을 맡기며 빗속을 걸었다. 두

고 온 우산을 후회하고 있을지 모르는 사람에게 내심 감
사하면서도 흰 운동화가 젖어가는 것이 싫어서 당장이
라도 그치기를 바라고 있었다.

　　참 우습다. 예정에도 없는 비를 맞으려다 운 좋게 얻
은 우산으로 비를 피하면서도 그저 운동화 젖는 것이 싫
어서 내리는 비에 불평 따위를 하는 꼴. 우연히 날아온
행운을 행운인지 모르고 당장 느껴온 불편에 행운을 쉬
이 잊어버린 내가 우습다.

　　하잘것없어 보이는 것은 우산이 아니라 어쩌면 나였
을지도 모르겠다.

**열세 번째**

제목을
정하지 못했습니다

# 쓰레기통

생각해 보니 쓰레기통이 제일 깨끗할지도 모르겠다.

열네 번째

제목을
정하지 못했습니다

# 정지

　신호가 빨간색으로 바뀌었다. 넘어서지 않게 한걸음 뒤로 물렀다.

　적절한 사이만 유지하며 관계에 기대지 못한다. 확신과 달리 생각처럼 되지 않는 관계의 반복에서 관계를 잇고 멈추는 일에 무수한 노력이 필요했다. 관계의 선에서 노란 불이 여러 번 깜빡이는 신호를 보내오는지 모르고 다듬어지지 않은 관계에 잠식되는 건 결국 나였다.

　상대를 향한 섣부른 확신은 묘한 기시감으로부터 시작되었고 끝은 점차 예상하는 방향으로 흘러갔다.

　사소한 일로 시작되는 관계를 거창하게 매듭짓는 과정에서 나타나는 서투름이 늘 그랬다.

서로의 감정과 깊이의 선이 비슷해야만 하는 것인데 단방향으로 상대를 고려하지 않고 직진하거나 혹은 오해들로 먼저 끊어내는 관계에서 보통 후회와 불편함을 감내해야만 했다.

끊어야 하는 관계를 끊어낼 재주 따위도 없고, 그렇지 아니한 것을 분별해낼 수 없기에 불완전한 관계에서는 여전히 고통받고 온전한 관계를 통해 치유받기를 반복하고 있다. 그래서 주변을 둘러싸는 좋은 관계에 더 집중하려 한다. 오히려 좋은 사람에게 더 좋은 사람일 수 있도록 노력하고 진심을 다한다.

관계 앞에서 빛나는 초록빛이 반대편 상대에게도 비추길 바란다.
마음을 알 수 없으니 해야하는건 그저 바램뿐이다.

열다섯 번째

제목을
정하지 못했습니다

# 판단

배고플 때 마트를 가지 말라는 말을 종종 하는데, 오래 걷고서 의자를 사지 말라는 글을 어디서 읽고 난 뒤 제 입맛대로 바꿔서 하는 말이기도 하다. 특히나 식욕이 왕성한 나는 배고플 때 마트를 가면 계획에 없던 것들이 카트를 가득 채우는 일이 더러 있기에 자제하려는 편이다. 단순한 논리 같은 문장이 삶에도 여러 모양으로 적용된다. 외로울 때 사람을 만나지 말라는 말에도 우리의 판단력이 흐려지는 빈틈을 말하는 것 같지 않은가. 괜스레 적적하고 마음이 축축 늘어질 때 누군가 흔들면 그대로 넘어가 버리고서는 머지않아 후회하고 감정을 쏟아내다 끝은 시들해진 화분처럼 외롭게 혼자 말라가겠지,

결핍을 계속해서 의심하고 바라거나 하고자 하는 것을 뚜렷하게 마주하고서 판단을 내려야 한다.

모호한 말들의 습지에서 내리는 결론이 늘 옳은 판단일 수는 없더라도 뒷받침할 수 있는 근거나 이유를 확인하고 고민하는 연습을 통해서 후회 없는 결정에 가깝기를 목표로 두면 도움이 될 것 같다.

고민 끝에 내린 판단은 후회가 없도록 도울 뿐 모든 판단에 늘 정답이 있는 것은 아니다. 연속되는 선택의 삶에서 가야 하는 방향의 갈피를 잡기에 유리하니 섣부른 판단을 조심하라는 말이다. 틀려도 되고, 까짓거 실수해도 괜찮다. 실수해도 어른이다.

열여섯 번째

제목을
정하지 못했습니다

# 화해

고질적으로 나는 누군가와 싸우는 것을 극도로 싫어하는 평화주의자다. 일그러진 표정으로 언성을 높이면 감정이 상하는 일에 일말의 관심도 없다. 싸우면서 소모해야 할 에너지를 이해하고 대화로 차근히 풀어갈 수 있도록 사용한다. 싸움이야 부지런히 피하지만 공교롭게도 사소한 다툼에서는 완전한 자유를 얻기 어렵다. 부딪치고 깨어지는 감정이 아니라는 합리화를 앞세워 가벼운 의견 충돌, 이견 등의 차이로 종종 다툼이 발생한다. 작은 다툼은 서운하거나 섭섭함이 주로 드는데 금방 사그라들기도, 때로는 생각보다 오래갈 때도 있다.

경험에서 느낀 싸움과 다툼의 차이점은 싸움은 결과
가 완전한 끝을 보는 경우도 다수 있지만 다툼은 늘 그런
것은 아니지만 귀엽게 끝날 때가 있어서 가끔 재밌다.

미안하다는 말에도 억양에 애교가 묻어나며 피식 웃
음 난 적도 있었고 화해의 방식도 비교적 다양했다. 초겨
울쯤인가, 가을이 가라앉고 겨울이 이마를 살짝 내밀어
비추던 시기에 걸쳐 입고 나가려는 자켓이 너무 얇다는
걱정 섞인 타박을 받았고 연신 괜찮다며 고집을 피웠다.
시작은 분명 좋은 마음이라는 걸 모르는 것도 아니면서
괜한 고집으로 기분을 상하게 하고 나왔다. 애정 어린 말
에도 괜한 짜증을 낸 것이 후회스러워 미안하다고 사과
를 청했을 때는 이미 감정이 상한 뒤라 대답도 없고 용서
할 기미도 없는 괘씸하다는 눈길만 돌아올 뿐이었다. 자
꾸 미안하다는 말만 반복되면 진심과 달리 전해질 수 있
어 사과의 방식을 다른 방향으로 고안해낸다.

쌀쌀해진 날씨와 함께 길목 한 귀퉁이 호떡집 아주머니가 나와계신다. 걷는 내내 한마디도 없다가 유독 노릇하게 호떡을 부치는 아주머니를 한번 보곤 '호떡 하나 먹을래?' 하고 넌지시 물었더니 마침 기다린 듯 '응!' 하고 대답한다.

호떡 하나에 무너져 사뭇 풀린 기분이 민망함도 잠시, 달달한 호떡 맛에 얼었던 마음도 녹아내려 해제되었다.

아주머니 덕에 잘 구워진 호떡으로 귀여운 화해를 했다.
여름에는 복숭아로 화해해야지. 딱복말고 물복으로.

열일곱 번째

제목을
정하지 못했습니다

# 잠

사월의 끝자락에 예보에도 없던 눈이 내렸다. 벚꽃이 바람에 날리는가 했는데 분명 손등에 닿는 촉감이 완연한 눈이더라. 선물 같은 날씨에 문득 신이 나서 온몸 그대로 맞았다. 다시 어린 시절로 돌아간 듯 기분이 너무 말랑말랑해져서 이렇게 웃어본 적이 언제인가 싶을 정도로 소리 내 웃고 뛰었다.

멀리서 기분 좋은 노래가 들려 가까이 가니 장범준 님이 마침 호수 앞 공터를 곧 무대 삼아 노래를 부르고 있었다. 다들 떼창하며 노래를 따라 부르는 모습에 눈치 볼 것 없이 나도 자연스레 목 놓아 노래를 불렀다. 부족한 노래 실력을 뽐내면서도 눈치 볼 것 없이 온전하게 행복했다. 가수보다 더 크게 부르는 노래가 거슬릴 법도 한데 주변 신경은 개의치 않고 흥에 취해 행복하게 부르고 있다는 게 신기한 경험이었다. 사실 주변의 시선과 치열하게 경쟁하던 모든 일상에서 확실히 벗어날 수는 없었기에 그날의 노래가 마치 나를 살리는 노래 같았다. 어른이라는 수식어가 함께했던 후로 삶의 많은 부분에서 진중하고 책임을 져야 했던 것들이 많았다 보니 선택의 기로 앞에 수없이 놓여 포기하는 것들도 많았다.

지금의 내가 되기까지 달려온 시간을 향한 후회감보다 잊고 살았던 마음 한구석의 소망이나 걱정 없이 순수했던 어린 내가 그리울 뿐이다.

한겨울에도 이 정도는 아니었는데 잔디 위로 눈이 꽤나 두껍게 쌓인 터라 주저 없이 몸을 대자로 펴고 그대로 누워 팔과 다리를 왔다 갔다 했다. 시선 속의 내가 아닌 온전히 내 멋대로 해도 되는 행복감에 누워있던 채로

잠에서 깨었다.

긴 단잠이었다. 깨고 싶지 않을 단잠에서 깨어보니 현실임을 자각하는 동안 시간이 조금 걸렸다. 가만 보면 행복은 항상 언제 끝날지 모르는 불안도 함께 가져오면서 잠을 자는 동안은 언제 깰지 모르는 꿈이라는 생각은 할새 없도록 완전한 행복을 잠에서 찾았다. 아무튼 자고 나면 잊어버리려 도피 삼듯 잠을 청하더라도, 아님 피로함에 못 이겨 종일 눕고 싶었다가 끝내 누워 잠드는 때까지 아침인지 저녁인지도 모르게 깨어나는 고된 일상에서 찾는 잠이라도 좋으니 쉬어갈 수 있는 잠이 우리에게는 필요하다.

일이 조금 안 풀리고 미뤄 둔 걱정에 불안한 것들을 뒤로하고 한숨 잔다 한들 기적처럼 변하는 일상이 아니더라도 필요한 쉼을 아끼지 말았으면. 고생한 하루 끝에 가능하면 아주 달고 긴 단잠을 주고 싶다.

열여덟 번째

제목을
정하지 못했습니다

# 사람

사람은 사람 없이 살 수 없다.

타인의 일에 참견하고 훈수만 두며 책임 없는 쾌락만 즐기는 독이 되는 사람도 있고, 결과에 집중하기보다 과정에 방점을 두며 타인을 격려하고 높일 줄 아는 약이 되는 사람도 있다.

모름지기 사람은 사람으로부터 온다.

선한 사람으로 부터 오는 약함이 예쁘다. 자신보다 남을 더 살피고 챙길 줄 아는 마음이 너무 예쁘다.

그런 주변에는 진가를 알아주고 함께 상황을 공유하는 좋은이들이 있기 마련이다.

허우적대고 버둥대는 헤엄일지라도 맑은 물에서 치는 물장구라면 기쁜 일이 아니겠는가.

울렁이는 파도에도 가라앉지 않고 띄울 수 있었던 건 주변의 예쁜 마음들이 기분을 띄워준 덕분이다.

비루한 삶인데도 참, 사람에게 많은 덕을 보고 산다.

**열아홉 번째**

제목을
정하지 못했습니다

# 어제

어제는 전반적으로 컨디션이 너무 좋지 않아서 하려던 일도, 생각도 모두 하루를 통째 망쳐버렸다.

어제의 어제는 알차게 보낼만한 계획을 세웠다. 미뤄둔 머리 손질을 하고서 커피랑 함께 할 스콘을 하나 포장해서 산책 겸 공원을 한 바퀴 거닐다 빈 의자를 골라 앉아 화창한 날씨를 즐기고는 주인장 혼자 책을 읽다 손님이 오면 조용하게 눈인사를 건네며 큰 관심은 주지 않아도 묘하게 교감 되는 그런 책방에 들러 책을 한 권 골라서 살 생각이었고, 이끌리는 발걸음대로 맛있게 식사를 즐기고서 아까 들렀던 공원에 다시 들러 활짝 핀 계절 꽃들을 찾아보고 기록하며 조팝나무 같은 재밌는 이름을 만나면 혼자 키득거리며 머릿속을 온통 꽃밭으로 물들일 상상을 했다. 그리고 마트에 들러 과일을 좀 사서 집으로 들어가는 길에 양손 가득한 나름 빠듯한 일정을 세웠는데 어제 결국 아파서 단 하나도 지키지 못했다.

어떤 어제는 노트북이 갑자기 작동이 멈추는 탓에 가지고 있던 자료들을 속수무책으로 다 날렸다. 또 어떤 어제는 학교가 너무 가기 싫어서 학교를 안 갔다. 이런 저런 어제들 중에 가장 싫은 어제는 꺼내고 싶지 않은 악몽 같은 어제도 있다.

보통 나의 어제들은 후회나 실수, 아픈 것들이 많은 부분을 차지한다. 좋았던 어제는 어느 서랍에 있는지 분명 어딘가 있을 텐데 찾을 수 없다. 엄마는 찾을 수 있으려나. 지난 어제와 불투명한 내일 보다 비교적 확실한 오늘이 좋다. 오늘도 다행스럽게 일어나 일하고, 잘 걷고 잘 먹고 잘 지내다 하루 끝에서 무탈하게 잘 잤다. 별일 없이 보낸 보통의 오늘이지만 이런 오늘을 어제로 잘 보내주고 다시 맞이할 오늘이 다시 보통의 소중한 오늘이길 바라며 오늘을 잘 살아야겠다.

스무 번째

제목을
정하지 못했습니다

# 경애

경애 씨는 어쩌면 이름도 이리 예뻤을까.

할머니한테 어리광만 피우던 손주가 이제는 제법 어른 흉내를 내며 할머니 이름을 꺼내어 부르니 버릇이 없다고 등짝 맞을 일인데 혼나도 좋겠다. 혼날 수 있다면.

존경하고 사랑하는 뜻을 가진 경애는 이름 그대로 경애다.

경애는 생전 나보다 다른 손주들을 더 좋아했는데, 나는 할머니가 경애뿐이라 짝사랑을 심하게 했다. 경애도 소녀일 때가 있었을 텐데 경애는 처음부터 내게 할머니로 와서 가장 사랑할 때 가장 먼저 이별해야만 해서 아픔을 모질게 견뎌 보냈던 더 애틋한 사이다.

화단을 지나 좁은 길을 비집고 나면 항상 봄 내음처럼 익숙하게 풍기던 경애 씨의 향기가 가끔 그립다.

스물한 번째

제목을
정하지 못했습니다

# 결혼

아마도 당신은 오늘도 별일 없이 잘 지내고, 아픈 곳 없이 건강하리라는 것도 알고, 끼니가 되면 밥도 잘 챙겨 먹을 것이라고 알지만 그런 뻔한 대답이 돌아오는 걸 알면서도 나는 꾸준히 안부를 묻는다.

에둘러 말하는 많은 신호들에서 차마 눈치를 채지 못할 수 있었겠지만 보이지 않는 단어들 안에 사랑이 있었다.

사랑한다는 말도 때로 충분하지만 그저 사랑한다고만 말할 수는 없어서,

사랑을 포장한 질문들에 당신이 알아차렸으면 하는
마음을 오늘도 고이 접어 보낸다.


갑작스런 비가 내린다.
퇴근길에 너는 챙겨올 우산은 있는지 궁금하다.
당신이라면 기꺼이 내어줄 곁이 나는 언제나 있다.


곁에만 있어라.
천천히 그리고 오래.

스물두 번째

제목을
정하지 못했습니다

# 취미

정확히 제출했던 이유는 기억이 가물가물한데 학교 다니면서 이름이나 성별만큼 자주 적었던 특기와 취미가 어렴풋이나마 기억난다. 그때 특기랑 취미가 쓰여있는 빈칸을 채우며 든 생각이 특기보다는 취미를 적을 때 더 수월하게 써내었던 것 같다.

특기는 마치 잘하는 것의 검증을 받는 수순을 밟는 기분이고 취미는 비교적 부담이 없어 무리가 덜했다.

정해진 것도 없고 꼭 잘하지 않아도 되니 하고 싶은 만큼 하고 그만해도 상관없는 단순히 흥미에 집중해서 해도 되는 일.

우연히 시작한 취미가 때로 성취감도 주니 질적으로도 이로운 현상이다.

적당히 재밌고 적당히 즐겁게 사는데 취미만큼 더 찰떡인 게 없다.


조금 팍팍한 일상에서 조금 흥미 있는 일에 조금 많이 투자하는 삶이 되길.


글은 온전히 취미로 쓴다.
그러다 특기라도 되면 뭐 횡재고.


취미는 늘 그런 마음으로.

스물세 번째

제목을
정하지 못했습니다

# 이름

꺼내지 못하고 입에서 너의 이름을 얼마나 오래 머금고 있었는지 너는 알까.

가까이 두고도 한참을 부르지 못해서 입술이 바짝 말라 사막과 같았다.

곁에서도 멀게 느껴지고 반가우면서 조금 두려웠던 이름을 속으로만 외쳤다.

우리는 샐러드처럼 뒤섞여있지만 너는 마치 연어처럼 뚜렷해서 연어샐러드지만 연어와 샐러드 같은 느낌이야. 부르지 못하는 이름이니 너를 연어라 부를게.

연어에도 많은 이름이 다녀가는데 그래도 떠나지 않는 이름은 하나야.

수줍게 보내는 진심이지만, 꾸준하고 조용한 응원을 보내.
앞으로 무얼 하던, 그게 무슨 일이건 오래도록 행복할 수 있는 일만 하기를.

제목을
정하지 못했습니다

스물네 번째

제목을
정하지 못했습니다

# 위로

입술과 입술이 겹치는 것보다
손과 손을 서로 잡는 것보다

마음에서 마음이 맞닿으며
안아줄 때 건네오는 위로.

가장 주고 싶고, 받고 싶은 위로.

스물다섯 번째

제목을
정하지 못했습니다

# 끝

끝맺을 때가 오니, 마지막이라는 것이 시원섭섭하기보다는 섭섭하기만 합니다. 계절에는 끝이 없는 것처럼 책의 마지막 페이지도 끝인사지만 영원한 안녕은 아니기를 바랍니다. 두서없는 글에도 이어진 소중한 인연이 또 다른 인연을 잇고 잇다보면 끝이라도 언젠가 다시 만나게 될 계절처럼 우리는 사는 동안 다시 만나게 될 거예요.

거창하고 긴 인사는 하지 않는 것을 좋아합니다.
언젠가 또 만나게 될 우리의 마지막을 지금으로 단언하기엔 아직 너무 이른데 아쉬움과 그리움으로 완전히 덮어질까 봐요. 쉽지 않은 여정도 막상 끝이라는 생각 앞에선 아쉬움에 뒤를 여러 번 돌아보게 합니다.

책은 오래되고 손에 닿지 않는 곳으로 자리를 차츰 찾아가겠지만, 그래도 괜찮습니다. 펼쳐진 책장들에서 우리는 같은 시간에 잠시 머무를 수 있다는 것으로 이미 기대한 것 이상의 기적을 경험하는 것과 같아요. 책 안에 서 많은 이야기가 되어준 사람들이 있어서 마지막까지 올 수 있었던 것 같습니다. 마지막 페이지까지 와주셔서 진심으로 감사합니다.

제목을
정하지 못했습니다

**제목을 정하지 못했습니다**

초판 1쇄 인쇄일 · 2024년 2월 22일
초판 1쇄 발행일 · 2024년 2월 27일

지은이 · 박재영
펴낸이 · 박재영
디자인 · 양소윤

펴낸곳 · 더프린트룸
출판등록 · 2023년 10월 10일 제2023-000077호
주소 · 서울특별시 은평구 통일로 71길 24-17 지하
전화 · 0507-1357-9579
이메일 · theprintroom.info@gmail.com

ⓒ박재영 2024

isbn 979-11-985024-5-2(13800)